LIFE OF STARS

Viktor A.King ©

登録商標 ®

全著作権所有

VIKTOR A.

KING

影のベール

III

イントロダクション

魅力的なホラーと幻想のシリーズ小説

「Veil of Shadows」の世界に足を踏み入れ
てみてください。この魅力的な小説は、
ホラーの恐ろしい要素と幻想の無限の想
像力を組み合わせており、読者に忘れら
れない読書体験を提供します。この刺激
的な物語は超自然の存在、背筋の寒くな
るような緊張感、神秘的な領域を組み合
わせ、魅力的に織り交ぜています。この
プレゼンテーションでは、「Veil of
Shadows」をホラー幻想ジャンルのファン

にとって必読の要素とテーマを探求しま
す。

キーワード：ホラー、幻想、サスペンス
、超自然、神秘的な領域

あらすじ：

「Veil of Shadows」は、読者を闇が支配し
、古代の力が目覚める領域に連れて行き
ます。この暗黒の世界では、魅力的なキ
ャラクターたちが最も深い恐怖に立ち向
かい、魂を喰らおうとする邪悪な存在と
戦います。次元のベールが薄くなるにつ

れ、長い間埋もれていた秘密が明らかに
なり、普通の人々が非凡な状況に投げ込
まれます。

テーマ：

1. 闇の力：人間の性質の暗い側面と禁断
の知識の魅力について不安を感じる探求
を深めます。「Veil of Shadows」は、未知
のことや超自然に対する私たちの好奇心
に訴えかけ、恐怖の層を明らかにします
。

2. 善悪の戦い：光と闇の力の間で英雄たちが現れ、ユニークな能力を発見し、迫る闇に立ち向かう壮大な闘いを目撃します。個人が限界に追い込まれたときに生じる道徳的な複雑さを探求します。

3. 神秘的な領域と謎めいた生物：神秘的な領域を旅し、さまざまな超自然の存在に出会います。影にひそむ恐ろしいモンスターから、古代の秘密を解き明かす鍵を持つ謎の存在まで、「Veil of Shadows」の世界は驚きと危険に満ちています。

4. サスペンスと緊張感：主人公たちが危険な土地を渡り、謎めいた手がかりを発見する息をのむような瞬間に備えてください。雰囲気のある設定と巧妙なプロットの転機が読者を縁に立たせ、影に隠された真実を明らかにしようとする欲望を掻き立てます。

プレゼンテーション形式：

「Veil of Shadows」は連載形式で提供され、新しい章が2週ごとに英語で公開されます。各インストールメントには物語を活

気づける魅力的なイラストが添えられ、
没入型の読書体験を向上させています。

結論：

「Veil of Shadows」は読者を魅了し、恐怖
と幻想の境界を曖昧にし、リッチに想像
された世界、複雑なキャラクター、サス
ペンスと超自然の要素をシームレスに組
み合わせた物語で、各章で読者を魅了し
、スリルを提供します。

第五章

「ナタリー、君は天才だね。株式市場が暴落しても、君は私を信じられないほど裕福にしてくれるよ！」弁護士は都会の男のような優雅さで車椅子に座った。

ナタリーは彼の顔を注意深く観察し、じっくりと彼の視線を捉え、保持しようとしました。彼は鷲のような鼻、太くて手入れの行き届いた黒いひげ、黒い口ひげで部分的に隠れた唇、そして長い黒いまつ毛を持つ2つの印象的な青い目を持っていました。彼はイタリア人でしたが、明

らかにアラブの起源があり、両方の美し

い眉が微妙に驚きで上昇しました。

彼は素晴らしい人物で、文化的で信じら

れないほど裕福な男性で、車椅子に拘束されていました。彼女は尋ねたり、もっと知りたかった；見知らぬ非合理な不安が彼女をつかみ、この文明人について何か理解したいと思いました。彼に褒め言葉を贈ることにしました。

「君は私のお気に入りの顧客であり、おそらく私が本当に尊敬している唯一の人です。」

"他のクライアントを尊敬していないと暗示しているのですか？」彼は厳しく反論しました。利益と彼女が閉じ込められているほんのりした夢中の中で贈られた褒め言葉は、うまく形成されていませんでした。「いいえ、私は皆を尊重しています。そうでないと想像することさえできません。しかし、彼らすべてが同じ戦略やビジョンを共有しているわけではありません。資本を増やしたいと思うことは曖昧で不条理なことです。どのキャンペーンが他のものよりも追求されるのか、どのように、どのような基盤で、なぜ、この選択プロセスが私が選ぶ要因です」

「それでは、私に共感してくれてい

るのですか？」彼は声をひとつ下げ

て巧妙に言いました。

「はい、もちろん、そしてそれを恐れてもいます。あなたが私を叱責しに来ることを知っていましたから。私の父は権威主義的で感情を表に出さない人でした。私は治癒不可能な劣等感症に苦しんでいます。私は常に褒め言葉を求める小さな女の子でい続けると思っています」

「私はあなたが好きです、ずっと好きでした。同僚たちとは違い、あなたは女性の性質からくる傾向で、真実を語ることがあります」

「女性は決して真実を言いません」
とナタリーは笑いました。

「あなたはハイブリッドです。あな
たは典型的な女性ではなく、男性の
エリートに予約されている複雑な仕
事を選んだので。そして、あなたは
男性ではない、なぜならあなたはあ
まりにも美しすぎて女性らしさを捨
てることはできないからです」

「私があまりにも美しい？ あなたに
とってはそうかもしれません」とナ
タリーはからかいました。

「私と遊ばないでください。人生は私に取るに足りないことに時間を浪費しないようによく教えてくれました。他の人たちと同じようにならないでしょう」

「わかりました、あなたには意地悪になりません。単純で、巧妙でない」

「今、私の好奇心を刺激しました。では、あなたは何になるのですか？遠くて想像もできないもの？」

「シンプル」

「もう一度言ってください」と弁護士は囁いた。

「シンプルで本物」

彼の顔にはゆっくりと微笑みが広がり、永遠の瞬間が彼の目に触れ、温かく親切な青い光を放射しました。

彼らの間にはためらいのある沈黙が広がり、突然、ナタリーは目を下げ、予想外に恥ずかしい気持ちになりました。

「あなたに何が起こったのですか、なぜ下半身が萎縮しているのですか？」彼女はもう彼の顔を見ることはできず、部屋のどこかに視線を固定し、恥ずかしさを感じました。彼女の股間に軽い圧力がかかり、この男性は非常に魅力的であり、もし彼が灰色のコットンスーツの下にやせ衰えた下半身を持っていなかったら、彼女は恥ずかしげに誘惑したでしょう。

「それはあなたの性格ですか？　良き運命があなたを美しくて賢いと決めたと思います」とナタリーは微笑んでみせましたが、弁護士のトーンは暖かさに欠け、その言葉は学校での「家庭の事情」のための練習通りの正当化のようでした。

彼女はため息をついた、彼も同様で

、両者が自由奔放で、情熱的にキス

し、公然と愛撫することができたな

ら、それはどれほど素晴らしかった
でしょう。

丁寧に、彼女は会話を続けた。「事
故、不運な出来事の積み重ねが
私に不利に働き、私を打ち負かした
不運な出来事の数々」。

「ごめんなさい、おせっかいをする
つもりはなかったの。

「いいのよ、ナタリー。一日で何百万ドルも稼がせてくれたんだから、どんな質問でも喜んで答えるわ」。

"あなたは完全にインポですか？" 彼女は赤面した。

"夕食に出かけて、爽快で酩酊するような夜を過ごした後、私のペントハウスにご招待しましょうか？" と尋ねているのだろうか？

ナタリーは肯いた。

"私とディナーをしたい?" ナタリーは肯いた。

彼女は勇気を取り戻した。「ええ、あなたのことは好きよ。あなたには領主のマナーと野蛮人のウィットがある。

「いや、残念なことに、私は取り返しのつかない重傷を負ってしまったんだ。神経終末と敏感な部位が他の受容体に移行したのだ。今、真に刺激的なものを見たり触れたりしたときに興奮するのは私の心だ。快楽は変わった。それは精神的なもので、魂の中にある。しかし、あなたは私がまだ快楽を提供できるかどうかに興味があるのだと思います」。

沈黙。

「私はボーナスを達成し、あなたは
それを換金する。どの関係もこうあ
るべきだと思う」。

"一貫して"

弁護士は酸素を吸い込み、鼻孔を拡
張・収縮させ、彼女の目を探した。
"フェアであるはずがないと信じて
いる。私はお金を稼ぐために、喜び
を経験するために、愛するためにあ

なたに依存しています。お金が唯一
の優先的な善であるような不均衡な
関係では、私はそれに従事すること
はできませんでした。おそらく何年
か経って、あなたは私だけのために
私を欲する女性なのでしょう。でも
ね、ナタリー、私は人間関係に不慣
れで、ズレがあって、バラバラなん
だ。あなたの美しさを前にして、つ
まずき、引いてしまう私をお許しく
ださい。残念ながら、私は障碍者で
あることを痛感しています。しかし

、あなたがお望みなら、私はいつでもあなたの下僕になります。こうして、私はあなたを崇め、想像しながら、別れを告げます。女神よ、私はあなたが夢であり続けることを望みます」。

彼は優雅に彼女の手を取り、湿った

唇に近づけた。

"ミシェール！" 弁護士は振り向かず、ドアを開け、エレベーターのほうに向かった。

ナタリーは胃から蛇のような不快感がこみ上げてくるのを感じた。目が許すまで彼を見守り、それからドアに近づいて閉めた。彼女はその日2番目に重要な、バーでのクリスとの打ち合わせに集中した。

弁護士がベントレーに乗り込むのを窓から覗き、運転手が車椅子をトランクにしまうのを待ってから走り去った。

ナタリーはバーに向かった。

クリスが入り口で彼女を待っていた。

"2人で話があるんだ。

"何日もお願いしてきたんだ……。君の関心を引けて嬉しいよ"

彼女はしばらく彼を見つめた。だらしなく、疲れているように見え、目の下には重いシワがあった。しわくちゃのシャツ、膝のところが破れたジーンズ、泥だらけのスニーカーが、彼の着古した姿を物語っていた。

「あなたがみすぼらしく見えると言ったのは、私だけではないと思うわ」と彼女は言った。

彼は謙虚に微笑んだ。「離婚を経験
し、子供にもほとんど会えず、この
仕事に多くの時間を取られている。

でも

そう、"でも"がある。

すべての社会不適合者がそうである
ように、常に"でも"がある。贖罪の
願望が強いから、重要な考え方が成
熟してしまうのです"

ナタリーの無礼な言葉に刺されながら、彼はウインクをした。今は彼女を否定することはできなかった。彼はそう確信した。

「私よ。信じられないだろうけど、僕なんだ」。

「信じないのは嘘だ。座ってもいい？カプチーノでも飲みながら話そう」。

AGCMETY   A/UE TAL TO URGE
URILCE THR INOVGT HEREELTYRECASTMINGGC DIIALI
SROM IOLIORE SORSREERE, TO_WORLEND.

「今は仕事があるので無理です。ア
ポイントメントを取りましょう。僕
の家に来て、僕のノートを見せてあ
げるよ」。

「あなたの家に行きたいとは思わな
い。午後10時頃に近くのカフェで会
いましょう。10時に終わるんでしょ
？

"わかったよ、冗談はなしだ。

彼は笑い、ナタリーは少し震えた。
彼は臼歯を2本失っていた。

「危害は加えない。投資する場所を
教えるから、それを実行するんだ」
。

「バニラオプションの投資方法を知
っているから、今回はスムーズにい
った。株価指数が暴落していると言
われたとき、私は売ることができな

かった。だから、デフォルト保険に投資した。私は資本を分割して移動させた」。

「そして大儲けした。

「ええ、大儲けです」。

彼女は満足した。「でも、あなたは私を信じなかった。

「自分のお金じゃない。私は他人の
ための投資家であり、常に理性的だ
。もし私が黒猫を信じていたら……
ほら、そうはいかないでしょう？"

「黒猫はいない。しかし、私には普
遍的に機能するシステムがある。私
の望みを叶えることができる」。

その言葉は奇妙に聞こえ、ナタリー
は一歩下がった。

「パートナーが欲しいなら、その関係は対等であるべきだと思う。それに、私はあなたが望まないことを強制するような野心はないわ」。

「うまく表現できなかった。簡単に言えば、私が望むものをあなたに望むようにさせることができるのです」。

"マインド・サジェスチョン?"

"そう、でも壮大なスケールで。どうか、今夜それについて話しましょう。もし私があなたを操りたかったら、すでにそうしているでしょう。

その代わり、私はお金に興味がある
んだ、私たちが一緒に稼げるものに
ね」。

「わかった、わかった、また今夜」
。

彼は振り返り、昼休みの人ごみの中
に消えていった。

照明がバーの出口前の道路を照らし
ていた。ナタリーのメルセデスが暗
闇の中で待っていた。

クリスは近づき、車の中を覗き込ん
だ。

「10時15分だよ、もう帰ろうと思っ
てたんだ」。

「終わるのが遅かったの、ごめんなさい」。

「前置きに時間を費やすのはよそう、本題に入ろう」。

クリスは揚げ物と汗の匂いを漂わせ、キャビンに乗り込んですぐに充満した。

「明晰夢って知ってる？

「なんとなく

「現実を想像する潜在意識の一種の自己催眠だ。何度も何度も繰り返すことで、潜在意識は明晰夢で創造された想像が現実であると確信し、それを現実化する。

"自分や他人に催眠術をかけるのですか?"

「すでに何度も催眠術をかけました。夢の中でどんな催眠術をかけることもできるし、現実はほとんど即座

に、少なくとも24時間以内に変わる
。

「面白いわね ナタリーはステアリン
グホイールのパステルピンクの爪を
叩いた。短く、完璧に手入れされた
爪。細長く、繊細な手。

「株式市場が下がることを想像でき
る？儲かる投資を思い描いて、現実
に投資させたいんでしょう」。

「はい、その通りです」。

「何が欲しいんだい？お金？いくら

？

"手数料の10%"

「私は他人のお金を運用している。もしあなたのせいで負けたら、私は顧客のために極めて厳しい条件を満たさなければならない。

"あなたはリスクを取ることに慣れている"

「なぜ私が？お金を見つけたり、相続したり、お金の贈り物をもらったりする夢を見ればいいじゃないか」

。

"できるさ、他の人と同じように、通りすがりの人が私にお金をくれる、そうすれば私は金持ちになれる、という夢を見ることができる"

"その通り"

"私はあなたを深く愛しているし、あなたを感動させたいから"

"それは何かを始めるための前提条件ではないと思う。あなたの白昼夢のために、私は自分の仕事とキャリアを危険にさらすのです」。

彼女はイライラしていた。

「私は本当のことを言ったのよ。私は自分の居場所を知っている。お望みなら、今夜もう一度やってみましょう。

"好奇心は死を招く..."

「あなたのような女性が、やってみたいと思わないわけがない。

その男には、夢のような、超現実的な、未来的な、それでいて狂おしい

ほど野性的な、何か遠くつかみどこ

ろのない魅力があった。"日中にフ

ェイスブック株に投資して、明日の

5時から買うから "と言ってみてくだ

さい。

「わかった

"一日の終わりに売る、終わったも

のは仕方ない"

「わかった、ありがとう。儲かった
らいくらもらえる？

"10%."

「本当に？

「はい、約束は守ります」。

クリスは感謝に満ちたべたべたした
表情を浮かべると、車のドアを開け

、彼女が考え直す間もなく姿を消し

た。

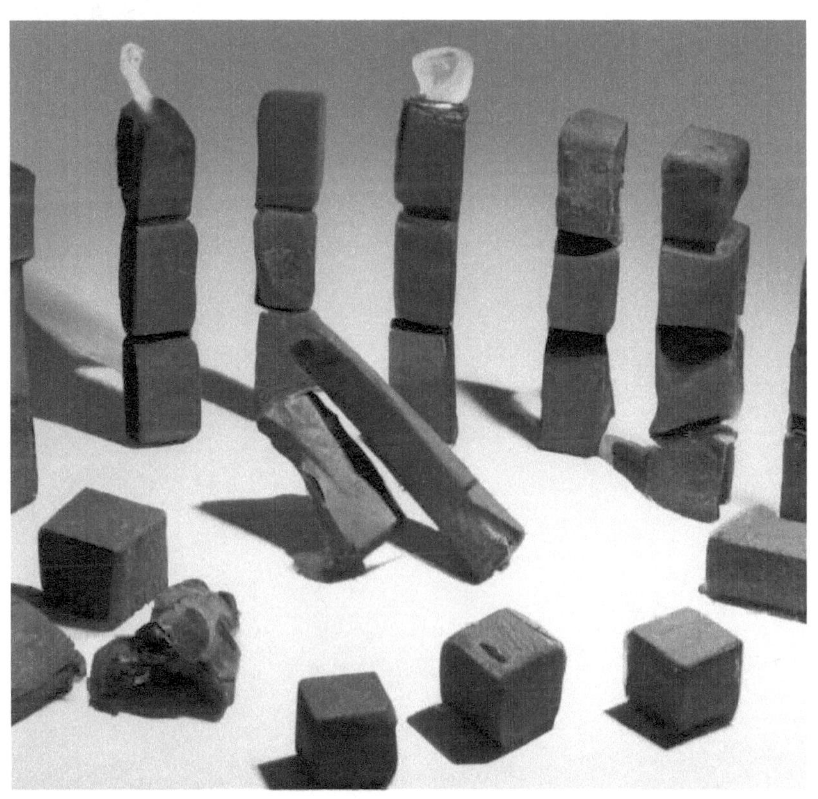

ナタリーはこめかみをさすり、小さな円を描くようにマッサージし、まぶたをぎゅっと閉じた。

俗に言う、行き詰まった感じだった。

第六章

クリスは暗い部屋に入った。

バスルームの薄明かりがブルックの
ポスターを照らした。"ベイビー、
かっこよくなったね！"

彼はゴールに近づいていた。催眠は
強力でなければならなかった。自尊
心、感情の流れ、創造の力をコント
ロールする。

マントラの音声をかけ、イヤホンをつけ、欠けたグラスにフルーツジュースを注いだ。

「あなたは最高の自分です。あなたは夢を実現できる。あなたは幸福です。あなたは富です"

イヤホンから聞こえる声は心地よく、断続的な波のように、異なる音量で、左右のイヤホンから、時に重なりながら届く。「あなたは深いリラックス状態に入っています。右のス

ピーカーから私の声が聞こえるかも
しれません。左のスピーカーからも

今日は遅かったので、もっと早く夢
の中に入らなければならなかった。
大きなチャンスだった。

「300、299、298と数えていきます
。私の声が遠くなったと感じるかも
しれません。心の一部が275、274と
数え続け、心の別の一部が警戒を続
け、私が話すことを聞くかもしれま
せん」。

彼は目を閉じ、完全にリラックスし
ていた。

頬骨が高く、唇がふっくらとしたナ
タリーの姿が脳裏に浮かんだ。彼女
はとても美しかった。

「幸せの瞬間を呼び起こしましょう
。信じられないほど満足し、完全に
達成したと感じた身近な瞬間を思い
出してください」。

彼女は髪をほどいていた。レブロン

のモデルたちがウェーブのかかった

長い髪を振り乱すときのような、茶

色くて絹のような長い髪で、光が彼

SARE CRADO
CHPPOCK

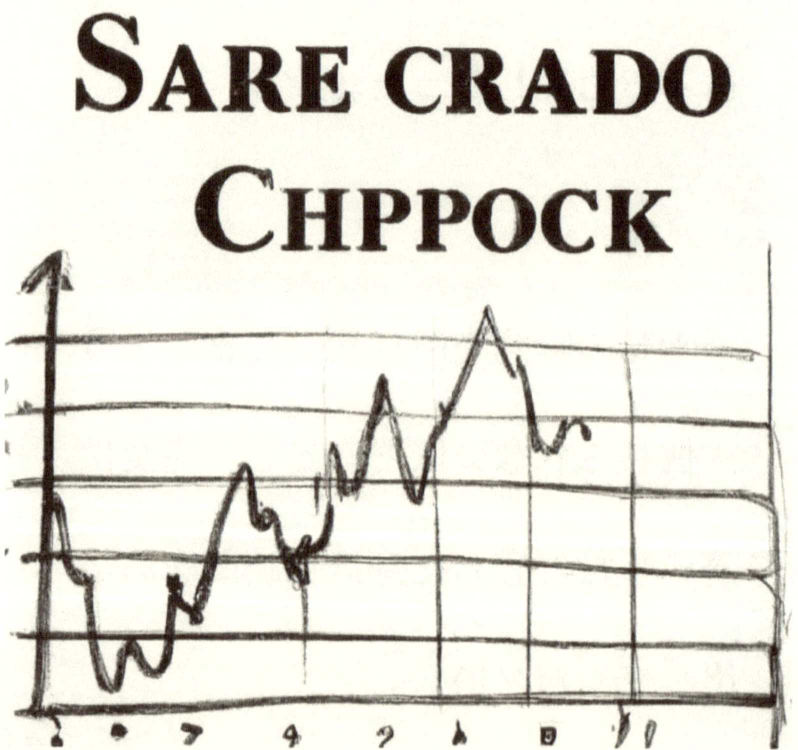

らの率直な表情を照らしていた。彼女は髪をほどき、シンプルで信じられないほど女性らしい仕草で髪に手を通した。

あなたは夢の中にいる： フェイスブックとその株価上昇。

"私のこと好き？私のこと、少しは好き？

彼女は優しく彼を見つめ、手を伸ば
し、彼のふっくらとした肉付きの良
い顎を撫で、彼をクリス自身として
夢の中に連れ込んだ。

私は私になりたくない。今、私はジ
ェームズ・ボンドのような、とても
ハンサムでとても裕福な男性になる
。身なりを整え、身だしなみを整え
、髭を剃ったナタリーの前でマティ
ーニを振りたい。彼女の寛大なまな
ざしを私に向けたい。

ナタリーは柔らかくなり、体中に手を回し、胸を愛撫し、ヒップを滑り落ち、腹と陰部に止まった。

ブラウスのボタンを外して胸の上にのせ、布地からはみ出したくぼみと、シルクに押しつけられたトロリとした乳首がセクシーだった。彼女は手首を伸ばした。

「縛って」。

"ナタリー、私にできるかどうかわ
からない、私には能力がない、あな
たが何を望んでいるのか理解できな
い..."

"縛りなさい、後ろにロープがある"

私は振り向いた。ロープは椅子の上
に置かれていた。長さ1メートルの
セーラーロープが4本、椅子の上に
無造作に転がっている。

私はそれらを取り、ザラザラとした

丈夫な素材を感じました。

「あなたを傷つけます。」

「縛ってください。」

「あなたの心の一部は、あなたが経

験した美しい瞬間、感じた重要な感

情を再体験し、今それを再生して、

いつでも思い出すための感情を作り
出します。」

「縛って、待っているよ。」

私はロープの一本を彼女の手首にか

け、それらを結びつけ、しっかりと

締めました。彼女は小さな手首を持

っており、ほんの少しの突起物が突

き出ていました。彼女は手を拳にし

まった。彼女を傷つけてしまい、彼

女は少ししかめっ面をしました。

「あなたを傷つけたくないんだ、ご
めんなさい。」

「何があったの？　なぜあなたの下半
身が退化しているの？」

彼女はもう彼を見ることができなか
った。部屋の一点に視線を固定し、
恥ずかしさを感じました。彼女の股
間には、その男が非常に魅力的であ
り、灰色の綿のスーツの下に骨だけ

の空っぽの下半身を持っていなけれ
ば、彼女は無遠慮に口説いていただ
ろう、という微かな感覚が伝えられ
ました。

「どうしてそうなったの？　あなたは
美しく、知識があると、親切な運命
が決めたと思います。」弁護士は暖
かさのない口調で言いました。これ
は彼が何度も何度も多くの人々に言
ってきた言葉で、学校の言い訳とし

て「家族の事情」と記載されたもの
と同じようでした。

彼女はため息をつきました。

お互いに。

テーブルの上で手を放し、情熱的な
キスを交わし、お互いを優しく愛撫
できたらどんなに素晴らしいことだ
ろう。

彼女は礼儀正しく、より積極的に話
をしようとした。

「不運な出来事が重なって、私に不
利になり、そして勝ったのです」。

"そのことは話したくないの、失礼

、おせっかいをするつもりはなかっ

たの......ただ興味があったの"

"はい、はい、ナタリー、あなたは

私に1日で何百万ドルも稼がせた。

どんな質問にも喜んで答えるわ"

"完全に負けたの？" 彼女は顔を赤ら

め、彼の処女性が保たれているかど

うかを尋ねる方法を知らなかった。

"夕食に出かけて、アドレナリンが出るような爽快な夜を過ごした後、私のペントハウスにご招待しましょうか？" と尋ねているのだろうか？

ナタリーは肯いた。

"私とディナーをしませんか？"

彼女は勇気を取り戻した。

「うん、好きだよ。ずっと好きだった。あなたは領主のような礼儀正しさと野蛮人のような鋭さを併せ持ち、私を魅了するのです"

"いいえ、残念ながら、私は深く、取り返しのつかないほど傷ついてしまったのです。快感が変わってしまった。敏感で受容的な部分が、他の受容体に移ってしまったのだ。今、私の心が興奮するのは、本当に刺激的なものに目と手を止めたときだ。

喜びは別のものになった。それは精神的なもので、魂の中にある。しかし、あなたは私がまだ快楽を与えることができるかどうかを知りたいのだと思います」。

沈黙。

「私はボーナスを達成し、あなたはそれを現金化する。この関係は公平

だ。すべての関係はこうあるべきだ

と思う」。

"一貫して"

弁護士は深く息を吸い込み、鼻孔を拡張させ、収縮させ、彼女の目を探った。

「公平であることはあり得ないと信じています。私は、稼ぐことも、楽しむことも、愛することも、あなたに依存している。お金だけが優位にあるような不均衡な関係では、私は

決して交際できない。あなたはおそ
らく、ありのままの私を求めている
女性でしょう。でもね、ナタリー、
私は人間関係に不慣れで、ズレがあ
って、バラバラなんだ。あなたの美
しさを前にして、躊躇し、引いてし
まう私をお許しください。残念なが
ら、私は不自由であることを痛感し
ています。しかし、あなたがお望み
なら、私はいつでもあなたの下僕に
なります。あなたを崇め、想像しな
がら、お別れを申し上げます。

女神よ、私はあなたが夢の中にいる

のが好きなのです」。彼は優雅に彼

女の手を取り、湿った唇に近づけた

。

"マイケル！" 弁護士は振り向かずに

ドアを開け、エレベーターに向かっ

た。

ナタリーは胃から蛇のような不快感

がこみ上げてくるのを感じた。視界

が許すまで彼を見守り、それからド

アに近づいて閉めた。

バーでの、今日2番目の重要な会合

に専念するためだ。クリスとの。

弁護士がベントレーに乗り込み、運

転手が車椅子をトランクに入れるの

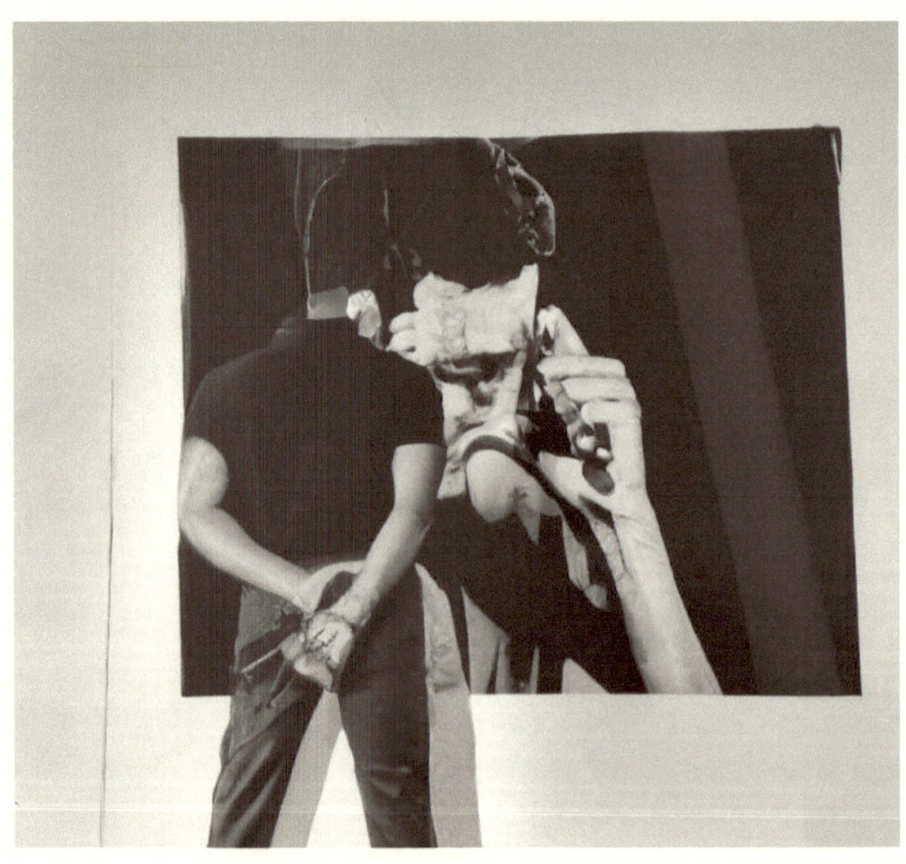

を待ち、走り去るのを彼女は窓から覗いた。

ナタリーはバーに向かった。

入り口にはクリスが待っていた。

「話があるんだ。

「何日もお願いしていたんだけど...。気にかけてもらえてうれしいよ」

。

私は綿のズボンの端に刃を差し込み、切った。彼女は白いレースのTバックをはいていた。私のペニスはズボンの中でドキドキしていた。彼女はこの夢を覚えていないかもしれない、あるいは彼女の一部がこの夢を保持していないかもしれない。彼女もどうにかしてここにいるのだ。潜在意識を支配する（自分へのメモ、セクシュアリティを支配する明確な必要性）。彼女は縛られた手首を引っ張った。「ロープは痛い？

"ええ、すべきことをして"

「いや、何もしない。

ぼろぼろの服を両脇に垂らした彼女は美しく、大きな乳房が露わになり、乳首はダイヤモンドのように硬かった。

私はロープを切った。手首にはブレスレットのような、あざのような赤い跡があった。彼女はそれを両手で持ち、マッサージしていた。

"あなたを手に入れることはできない"

彼女は目隠しをはずし、驚きながらも従順に私を見た。彼女の胸は私のすぐそばで上下した。彼女は裸足で、私より数センチ背が低かった。私は彼女の胸や肌に触れないように注意した。パンツの中で無性にオーガズムを感じる不安は、恐ろしい可能性だった。彼女は興奮したティーンエイジャーのように私を笑い、少し異常で失禁しやすい変態だと思った。

私はもう1本の髪を切り、前の髪と揃えた。それは彼女の素足に落ちた。私は彼女の体を一周した。

彼女のお尻は引き締まっていて、高く、色白だった。私はまた切った。そしてまた。

彼女の左の目尻から小さな涙が漏れ、静かに落ちた。

"今？"

後悔も皮肉も感じない、ただの質問だった。

目標を忘れるな、フェイスブックは

成長しなければならない、自分をコ

ントロールしろ。"今、目を覚ます"

彼女はゆっくりと、重ね合わせた写真のようにぼやけていった。彼女は消えた。地面に落ちた彼女の髪が残

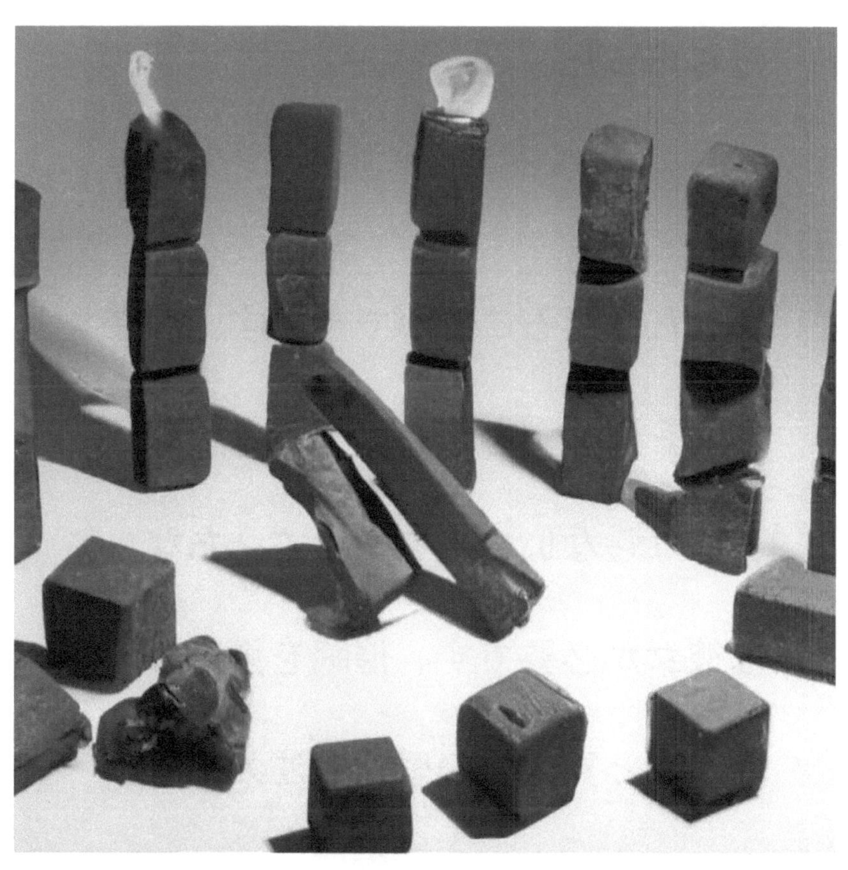

り、罪を証明していた。

フェイスブックのモノリスは大きくなり、作業員たちはまだ鉄の足場で忙しく働いていた。彼らは若い画家たちだった。

あなたは戻ることができます、潜在意識を強く制御または抑制されなければならないことを覚えて、あなたは彼女が必要です。催眠を更新し、優しさと寛大さの感情を注入する。

クリスはズボンの中の脹らんだ膨らみをちらりと見て、ハサミを捨て、布の中に閉じこめられた自分のペニスをきつくしごいた。椅子の肘掛けにもう一方の手をかけながら、下着のまま数秒間射精した。

クリスはまばたきをした。彼は家具

もろくにない部屋の暗闇の中にいた
、

使い古された肘掛け椅子にぎこちな
く座っていた。

彼のズボンにはひどい染みが広がっ
ていた。

っづく…

プレゼンテーション: ニューヨーク
のパルプホラー作家、Viktor A. King

こんにちは、皆さん。今日は、ニュ
ーヨーク出身の著名なパルプホラー
作家、Viktor A. Kingについてお話し
します。彼は独自のスタイルと深い
恐怖の世界を作り出し、多くの読者
に驚きと恐怖を提供しています。

Viktor A. Kingは、その筆力と創造力
により、ホラージャンルのファンか
ら高い評価を受けています。彼の作

品はしばしば夢と現実、幻想と恐怖の境界線を曖昧にし、読者を不安にさせ、驚かせます。彼の物語は、その独自性と洗練された筆致によって、ホラー小説の愛好家に喜ばれています。

Viktor A. Kingは、パルプホラーの領域で幅広いテーマに取り組んでおり、その作品は読者に様々な恐怖体験を提供します。彼の作品は時折、鮮やかなイメージと精緻なプロットによって読者を魅了し、恐怖と興奮を同時に味わうことができるでしょう。

彼の作品はパルプホラーの伝統に敬意を払いつつ、新しい視点とアイデアを取り入れています。彼の小説は、読者に恐怖の世界への深い探求心を駆り立て、常に驚きと感動を提供しています。

Viktor A. Kingの作品をまだ読んでいない方にとっても、彼の恐怖の世界への旅は必見です。彼の作品は、ホラージャンルの新たな魅力と深い洞察を提供し、読者を恐怖の迷宮に誘います。

皆さん、ニューヨークのパルプホラー作家、Viktor A. Kingの作品をぜひご覧いただき、彼の恐怖に満ちた創造性をお楽しみください。

同じ著者

影のヴェール II

影のベール III

影のベール IV

影のヴェール V

目覚めないで

暗黙の共鳴

ブラックレッド ブラッドホワイト

印刷日: 2023年6月